구멍 난 양말

구멍 난 양말

초판 1쇄 인쇄일 2023년 11월 25일
초판 1쇄 발행일 2023년 12월 5일

지은이 김용진
펴낸이 양옥매
디자인 송다희 표지혜
교 정 조준경
마케팅 송용호

펴낸곳 도서출판 책과나무
출판등록 제2012-000376
주소 서울특별시 마포구 방울내로 79 이노빌딩 302호
대표전화 02.372.1537 **팩스** 02.372.1538
이메일 booknamu2007@naver.com
홈페이지 www.booknamu.com
ISBN 979-11-6752-376-1 (03800)

구멍 난 양말

김용진 시집

책과나무

선물

커다란 상자를 준비한다

무얼 넣을까

이걸 주면 좋을까

아니 저걸 주면 기쁠까

또 포장은 어떻게 하지

서성이다가 채우기도 전에

결국엔 그대에게 주는 건

덩치 큰 망설임

서투르게 버릴 수 없는 것을 모았습니다

차 례

1. 골목길 식당 앞에서

2. 구멍 난 양말

3. 옛, 숲

4. 이빨로 물 수 있어요

5. 입으로 듣네

골목길 식당 앞에서

1

Ready go

출근길 아침
나이 많은 할아버지가 할머니를 태워 갑니다

어딜 가시는지
찻길로 가는 자전거를
차들이 속도를 줄이다가
아예 차선 하나를 통째로 내주는데

자전거의 바퀴는 천천히
아주 느리게 돌고
할머니는 남편의 등 뒤에서
새색시가 되어 꼭 붙잡고 있습니다

가판대 여사장님

한 달에 한 번만
아니, 절에 갈 때만이라도 쉬고 싶다더니
영락없이 오늘도 가게 문이 활짝 열렸다

감기 걸리셨어요?
아침에 세수하다가 그만 틀니를 빼놓고 출근했어
어쩌다가요
에그, 어쩌다가요?

마스크로 입이 가려진 채로
먼저 웃으시기에 나도 따라 웃었다
잇몸이 보일 것만 같았다

가슴에 묻다

뒤로 물러설 수 없는 배 안에
잘못 없이 그대가 있었다
갑자기 아무것도 보이지 않아
마지막으로 서툴게 남긴 고요가
억센 물살을 헤치고
고마워,
사랑해,
보고 싶다는 응어리로
둥둥 떠오르고 가라앉았다
모두 그대가 뱉은 말인데
검은 그림자로 물든
진도 앞바다엔 그대는 없고
비통한 엄마, 아빠만 남아
가슴에 맺혔다

철없는 이여

비열하게 도망친 이여

침몰하는 끝까지

그 어른들을 믿었던

순박했던 어린 꽃들이여

* (2014년) 4 · 16 세월호 참사

같이 먹기

큰맘 먹고 친구들이랑 대게를 쪄서

바람 쐬며 수군덕수군덕 먹는데 어떻게 알아챘는지

파리도 주둥이를 내밀며 달려든다

"안 돼 안 돼, 너는 절대로 안 돼"

우리가 손을 내젓는 동안

"한 입만 줘라 딱 한 입만

내가 먹으면 얼마나 먹겠니?"

파리가 말하는 동안에도 친구를 서넛은 더 데려왔다

사정을 알아도 파리에겐 마음을 내줄 수 없어서

같이 먹는 게 조금이라도 용납되지 않듯이

밥 한술이라도 함께 먹는 건

달의 반쪽씩을 나눠 갖는 것인가 보다

골목길 식당 앞에서

참새는 골목길 식당 앞에서
떨어진 밥알이 얼마나 된다고
혼자 먹지 못하고 친구들을 불러와
부랴부랴 먹어요
고춧가루 묻은 밥알이 얼마나 된다고
우르르르 데려와요

그 꽃잎은

나를 보면 여리고 여리고

너무 여린데

나보다 더 여린 그 꽃잎은

어떡하지

급행 출근 열차

꼼지락거리지 마라

민망하게 밀착된

커다란 한 몸

김밥을 먹으면서

김밥을 먹을 땐
꽁지부터 먹는 게 좋다
반듯한 것보다 맛있다

단무지가 밖으로 나와
속살을 내민 것처럼
시금치가 흐트러져 보이는 것처럼

정돈되지 못한 듯
정돈된 삶이 좋다

둥글게 둥글게

태양도 둥글고

농익은 달도 둥글고

지구도 둥근데

어쩜, 머리 깎인 감자마저 둥글다

둥글게 둥글게 살아야 한다

밥 한번 먹자

"밥 한번 먹자"
그게 어찌 쉬운가요?

돌아보면
한술이라도 함께 먹는 건
맛이 있든 없든
꼭꼭 씹어야 하듯이
사랑을 나누는 일이었습니다

설거지를 하면서

유리컵이 씻깁니다
접시가 씻깁니다
배부른지 가라앉았던 밥공기도 씻깁니다

숟가락이 달그락
젓가락도 부딪치며 달그락
하얀 놈부터 씻기는 줄 모르고

나부터 씻을래
나부터야
달그락달그락

분단의 형제여

흐르는 물은 막힘이 없다
높은 데서 낮은 데로
유유히 내려간다

생이별은
흐르지 못하고
돌다, 맴돌다가
소용돌이친다
피가 용솟음한다

무엇이 우릴 가르나
내 잘못이 무엇이고
네 잘못 무엇이냐
왜 유유히
흐르지 못한단 말이냐

이젠 얼마 남지 않은 삶

눈물이 마른다

크지도 않은 한반도

허리에 바짝 졸라맨 동아줄

조금 더 풀어야지

다 풀어내야 하지 않겠나

무엇이 우릴 막나

내 뜻 아니고

네 뜻도 아닌데

왜 스스로

내려가지 못한단 말이냐

섬으로 가는 길

섬으로 가는 길은

무수할 것 같아도

바다를 건널 도리밖엔 없다

외다리나무

옆으로 누운 아차산을 구불구불 오르다
잠시 쉬는 사이에
기우뚱 치우쳐 있는 나무들 중
유난히 깊은 옹이를 세다가 땅속뿌리를 들여다본다

지팡이를 꼭 쥔 외다리,
가파른 산등선에서는 서 있는 것조차 힘들겠구나
혼자서는 살 수 없어서 그래 사랑한 거구나

서로를 지탱할 수 있도록
부끄럼 없이 부둥켜안은 나무
오르는 길, 내려오는 길이 같은 중턱에
사람 얼굴 닮은 바위가 빤히 보이게

입장

산책하다가
강아지는 뒷발을 들었다 내리면서
부들부들
오줌을 장맛비처럼 맞은 풀잎도
부들부들

작은 새

비 오는 날에는 보이지 않는다
어두워지면 볼 수 없고
밝아야 보였다

쏴악쏴악
햇살이 깨 털리듯 떨어질 때
오랫동안 비좁게 살던 데서 넓은 집으로
요란하게 이삿짐을 나르는 소리

잎새가 다 떨어진 나무가 흔들리는 건
바람 때문만은 아니다

지하철 1호선

"내 키가 분명 줄었나 봐
천장에 달린 손잡이를 잡을 수 있었는데
이젠 잡을 수 없네"

할머니는 같이 서 있는 친구에게 말하는 건지
누구든 들어도 상관없다는 건지
말을 뱉으면서 콩나물 자루 속을 비집듯
비좁은 공간을 헤집는다

민망하게 들었을까
때마침 자리에 앉은 사람들도
고개를 푹 숙이거나 애써 눈을 감고
내 키는 얼마나 줄었는지
풀 죽어 셈하고 있다

참새와
새끼 고양이의 밥

새끼 고양이들이 잠시 자리를 비운 사이

어느새 참새가 정자 밑에 숨겨 둔 밥을 먹습니다

심지어 친구들도 불러와 배불리 먹어 둡니다

이건 누가 먹을 거라고 정해 둔 거지만

약속된 게 아니라 지켜지기란 어렵습니다

벤치에 앉아 참새들이 모처럼 호들갑 떨다가

밥그릇 옆에 둔 물그릇마저 엎어트리는 걸 보면서

같이 먹으면 좋으련만

누군 먹게 하고 누군 먹지 못하게 할 수 없어

차마 더는 있지 못하고 일어섰습니다

어느 편에 선다는 건

서로의 이유를 알면 오히려 참 곤란합니다

청계천에
손수레가 지난다

복잡한 교차로의 모퉁이에 손수레를 세우고
가지런히 신발을 벗어 놓은 노인이 그 위에서
얼굴을 가린 채 반듯한 잠을 잔다
새벽부터 일했던 고단함
손수레에 폐지를 가득 채워도
절대로 여유로울 수 없음을 알기에
누구라도 깨우지 못하는 안식의 영역을
바뀐 신호등을 쫓아 무심하게 지나다가
'먹이를 주지 마세요'라는 푯말이 있는
비둘기들의 난민촌 같은 잔디밭 앞에서
청계천을 내려다본다

홀씨가 흰 눈처럼 흩날리는 눈부신 봄

구멍 난 양말

2

가을

한여름인데 소낙비를 맞으니
누렇다

벌써, 익은 나뭇잎

고백

어린 날, 어느 겨울
부모님은 외출하시고
집에 혼자 남아 수족관을 물끄러미 보다가
"얼마나 추울까"
따듯한 물을 한 바가지 부어 줬습니다

얼마 후에 둥둥
배가 뒤집히고 눈만 껌벅이는
물고기들을 보고 말했습니다
"내 맘은 꼭 알아줘라"

구멍 난 양말

또다시 구멍이 났다
한 번 더 꿰매서 신을까

차마……,
훌러덩 벗긴다

미련이 없다는 건
맨살을 보이는 일이다

그걸 아는지 모르는지
양말은 창틀에 낀
케케묵은 먼지를 훔치려
온몸을 맡겼다

꽃이 핀 벚나무

예쁘게 꽃 핀 걸 보고
사진을 찍습니다
환하게 웃어 줍니다
꽃이 필 때만 본다고
뭐라 하지도 않습니다

돌아선 뒷모습을 보고서야
꽃잎을 떨어뜨리고
발아래에 거름이 쌓여
나무는 점점 더 커집니다
꼭 봄은 아니어도
자주 만날 수 있다고 합니다

벚꽃이 한 번 피고 질 때마다
나도 커집니다
거인이 됩니다

뒤꽁무니를 보다

버스를 타고 졸다가
창밖을 보곤 부리나케 내렸더니
아뿔싸, 너무 일찍 내렸다
누구를 탓하랴
하지만 언제나처럼
나 몰라라 떠나는 뒤꽁무니는 맵다

반달

누가 누가 먹었기에
반쪽이 되어
저 달이 붉어졌나
이왕 이렇게 된 거
네가 먹은 거면 좋겠네

서운함

넌 내 맘을 모르고
난 네 맘을 몰라

내 마음도 내가 모를 때가 많듯이
알 수 없는 게 당연한 건데

모르면 왜 서운하지?

세 남자

고등학생이 된 두 아들과 나란히
소파에 앉아 격투기 중계를 보았다
경기는 기다린 시간보다 훨씬 빠르게 끝나
흥분이 채 가시기도 전에 상대를 이기고
승리를 포효하는 장면이 카메라에 잡혔다
복근이 단단해 보이는 선수의 양옆에
풍만한 가슴이 훤히 드러난 옥타곤 걸이
마침 클로즈업될 때 감탄사를 절로 뱉었는데
큰놈은 소파 끝에서 반쯤 누워 히죽이고
막내는 엄마한테 이르겠다고 박차고 일어났다
승리의 쾌감을 부른 게 잘못이냐 묻는 말에도
도무지 믿지 못하겠다는 표정으로 되레
날 쳐다보고 있다

신용 대출

한 번도 약속을 지키지 않은 적 없는데
어떤 직장이냐고 묻더니
일 년 소득을 캐묻더니
무자격이라 한다
갑자기 신용 없는 사람이 되었다

쑥부쟁이 옆에 앉았네

요즘 힘들지?

달래서 보냈더니

한여름 쑥부쟁이 옆에 앉았네

바람에 흔들리는 것도 좋다고 하네

아내의 명품 가방

누가 쓰다가 주었다는 걸
뚫어지게 살핀다

요깟 게 뭔데
헌 것도 못 사 주나

아내의 복점福點

한겨울이 지나 오랜만에
바람을 쐬고 왔다는 아내의 얼굴
늦저녁에 보니 반창고가 더덕더덕하게
얼룩을 지웠네

처녀 때는 없었고 결혼하고부터 생긴 점인데
다만 눈썹 바로 아래 것은
복점福點이라 하여 남겨 두었다네

혹시 그 복이 나 때문인가
물으려다 뒤통수를 느닷없이 맞을 것 같아
차마 그만두었네

지붕 밑에 별 하나,
유난히 큰 밤일세

애완벌레

헌책을 샀는데
책벌레도 따라왔다

아주 작지만 눈에 띄는 녀석을
꾹, 누르려다
애완벌레 삼았다

이제 내가 주인이 되었다는 걸
요놈의 벌레도 알까?

우박

어릴 적 좁쌀만 한 우박을 피하여
줄행랑쳤었다
머리는 용케 가렸지만
싸라기로 매 맞는 것 같았다

하지만 요즘은 더 커져서
밤톨만 한 게
고드름 뿌리 같은 결정체로
떨어지기도 하여
맞았다간 낭패를 본다

세진 하나님의 꿀밤
온통 방을 더럽힌 개구쟁이를 나무라듯
혼내킬 일이 많아지셨나 보다

이발

싹둑싹둑 잘린 머리카락이
바닥에 아무렇게나 누웠다
이발사는 바쁜지
질경 밟다가
쓰윽 쓸어 내어
이미 내 몸이 아닌 내 것이
낯선 무리와 섞인다

이처럼 뒹군 적 있었던가
뒤엉킨 적 있었던가
쓸모없다고 버려질 때
싸우지 않아도 되는 운명
마지막은 누구라도 똑같지 않나

입맛

1300원짜리 카프리 병맥주를 샀다
시원하게 감기는 맛에
캬……, 소리를 낸다
3700원 하는 일본산 아사이 맥주보다도 부드럽다
입맛에 좋은 건 비싼 게 아니라 맘이다
허세를 부리지 않아도 기똥차다

* 카프리cafri : 국내 모 회사의 맥주 이름

착각

억수비가 내렸다
그칠 줄 모르고 몇 날 며칠 내리다가
잠시 갠 아침

노란 잎이 하얀 꽃잎이
고개를 바짝 들었다

비가 초복을 지나 말복이 되도록
내리는 동안에만 머리를 숙였을 뿐

한들한들,
여린 것이 강하구나

텅 빈 화분

왜 그런지 모르게
기르던 화초가 죽으면
텅 빈 화분만 남는다

시간이 지날수록
뿌리만 화석처럼 남은 애정愛情

비어 있다는 건 여백이 아니라
손이 닿지 않은 가려움이다

하늘이

보면 볼수록
참 넓다

난 바람만 살짝 불어도
쪼끄마한 꽃잎보다 더 흔들리는데

밤낮 넓기만 한 하늘이
참 부럽다

화분에 물을 주었다

때를 놓치고
아차 싶어 보면
잎은 벌써 시들고 있다
제발……,
미안하다 말하면서 물을
부리나케 흠뻑 준다
물받이도 넘치는 과도함은
늦사랑일까

흙이 숨을 깊이 들이마시는데

흔들흔들하다

산비탈에
진달래꽃이 피었다
야들한 것들이 "나 잡아 봐라"
흔들흔들한다

어쩌다 삶이 비탈에 서면
버려지고 버려서
한껏 호기를 부릴 수 있나 보다

주저주저한 것조차
오히려 위에서 아래로
흔들흔들하다

옛,
숲

3

6학년 2반 아이들

춘희, 순예, 학자, 재영, 성희, 경자, 수영, 해란,
수진, 경애, 미선, 은지, 미숙, 자현이 계집애들
상균, 원욱, 은석, 인성, 규수, 승태, 재요, 영섭,
훈곤, 태영, 미강, 영재, 병천, 용진이 사내놈들

풀떡풀떡 고무줄놀이를 하다가 멀리 더 멀리
연을 날리다가 얄궂게 빙판길을 만들고
썰매를 탄 뒤 배고파 떡볶이를 먹다가
달고나를 별 모양으로 찍고 멀쩡한 양은그릇
엿 바꿔 먹다가 턱 밑으로 칠칠맞게 흘려 30년을
훌쩍 널뛰었는데 어떤 끈으로 이어졌는지

계집애들, 사내놈들 다시 모여 언젠가 잊은
교가를 어물쩍 부르고 예전 같지 않게 굼뜬
달리기를 하고 함께 오지 못한 눈 동그란 애
까무잡잡했던 단발머리 애를 찾다가
노총각 선생님도 할아버지 됐겠지 웃다가

닭이 마당에 뿌려진 모이를 정신없이 쪼아 대듯
다녔던 국민학교 교문 앞에서 감작감작
땅 깊숙이 박힌 칡뿌리처럼 차지고 질긴 게
무슨 구수한 단맛까지 내나

가을바람

우수수
며칠 동안 가을비 내려도
온몸으로 견딘 것이
눈 깜빡,
홍시 되는 것처럼 감실감실

흙 덮은 나뭇잎
몸통에서 떨어져
모든 걸 내려놓고
스륵스륵
서걱서걱

비 그친 아침
내 발에 밟히며 밟히며
볍씨 뿌리는 소리

가을밤

여기서 귀뚤귀뚤

저기서 귀뚤귀뚤

풀잎에 오줌을 누는 동안

발 앞에서도 귀뚤귀뚤

뭐라는 건데?

뭐라는 건데?

보이진 않고 귀뚤귀뚤

귀뚜르르

고등어의 간은
짭짜름하다

배가 쩍 벌어진 고등어가
화로에서 자글자글 익는 동안
오랜만에 생선 굽는 냄새를 맡은 백구는
코를 벌름벌름하다가 동구 밖까지 들리도록
깨갱 소리를 내는데 아버진 못 들은 척
시집간 딸의 밥상에
노릇노릇해진 고등어를 올려 주고
담배 한 개비 피우더니 마당을 쓸고 계신다

"아버지도 식사하세요"
백구가 귀를 쫑긋한다

그리움

어떻게 들어왔을까

등불을 컸더니

풀벌레가 화들짝

파르르르

꽃눈개비

홀로 둔 꽃이 시드는 게
볼수록 초라하여
확······
뽑아 버리려다가

잠들기 전에
무리 지어 핀 꽃 옆으로 옮겼더니

비 그친 아침
꽃눈개비가 내렸다

낙엽

나뭇잎의 얼굴이

누르락붉으락

내가 왜 가을의 맨 앞이야?

어허, 듣고 돌아보니

그런 녀석들이 한둘이 아니다

보기엔 참 좋은데

서걱서걱

봄과 여름이 나무의 외투가 되었다

하나가 버려지면

늘 비워진 하나를 채웠던 것처럼

눈 내리면
그리운 사람

지난날은 늘 아쉬움뿐이다

추우면 자꾸 웅크려져서 싫다고
그래서 겨울이 싫다고 말해 놓고는

정작 눈부신 봄날,
눈 내리면 그리운 사람이고 싶어

그 추운 겨울을 또 기다리게 되는 건
왜일까

늦가을
나뭇잎을 보며

늦가을의 나뭇가지에 달린
샛노란 잎
새빨간 잎은 하늘 열매 같다
아, 얼마나 탐스러운가

그러나 지금 떨어지는 소중한 순간
구석에 박히고 보잘것없는 봉투에 담겨서
버려지는 게 있으니

사랑하면 행복하고 즐겁지만
아쉬워해야 하는 것처럼
가장 아름다울 때
가장 그리운 건 어떡하나

닭,
좀 잡아 주오

시골집에서 스무 마리 남짓한 닭을 키우는 어머니는
꿀꺽이며 몇 번이고 닭 잡아먹고 싶다고 애원한 날에야
두 마리의 닭이 식탁에 올려졌다
기른 닭을 잡기 싫은 아버지가 읍내에 들러 사 온 것인데
삶아진 닭을 먹으면서도 이 맛이 아니야 하는
볼멘소리가 입동이 며칠 지나고
온 가족이 모여 김장을 먹으면서도
활활, 고양이가 지붕을 슬금슬금 넘어가듯
장작불 연기가 달빛을 타고 올랐다

별

그대 보고 싶습니다

자꾸 보고 싶습니다

보고파도 볼 수 없으면 잠을 잡니다

꿈속에서 영원할 것 같은 그곳에서도

매일 나타나진 않습니다

당연합니다

사랑하기 때문입니다

밤마다 유영遊泳하는 별,

참 넓은 하늘에 있습니다

보름달

동트기 전
창밖을 보다가
깜짝 놀랐다

이렇게 가까웠나
밝았나
샛노랬나
예뻤나?

아니,
조용히 산 넘으려던
달이 더 놀랐겠다
날 처음 보았니? 하고

봄비 내리고

풀풀

단내 난다

데굴데굴

쑥 빨려 들어간

빗방울을

포식하고 내뱉는

들풀의 잎 냄새

풀풀 풀풀

불꽃

사라지는 게 어디 있을까
영원할 것 같은 태양처럼
떨어진 꽃잎도 어느 날엔 한꺼번에 타올랐다

타고 남은 검은 재를 보라
겹겹이 쌓은 것이
순간에 꺼져 버린 뒤
흙먼지에 점점 잦아드는 평온

슬픔이 외로움을 채우랴
그리움이 눈물을 훔치랴
눈부시게 한꺼번에 타오르던 가벼움은
참으로 아름답지 않았나

소꿉친구

인왕산 아래 쪼끄만 공터에 다녀왔습니다

한낮에 햇볕이 쨍쨍 내리쬐던 날

흙먼지 풀풀 날리며 소꿉친구와

땅따먹기를 했던 그곳에 들꽃이 활짝 피었지만

참았던 오줌을 쌌습니다

말랐던 흙이 파이며 흠뻑 젖어들었고

혹시나 누가 볼까

재빠르게 되돌아왔습니다

나중에 들은 얘기지만 들꽃이 핀 자리엔

나 말고도 시원하게 오줌 싼 흔적이 있다네요

동네에 까맣게 그을린 개구쟁이들에게

꽃잎을 홀딱 따먹힌 아카시아 나무가

등 굽어 있던 곳 말이에요

들꽃이 지기 전에 그 소꿉친구를 꼭 만나

짓궂게 놀고 싶습니다

아빠,
오늘 밤은 달빛이 왜 이토록 밝아

속까지 까맣게 탄 마음처럼
드높은 밤하늘
큰 둥근달이 어둠을 밝혀 줍니다
별들도 촘촘합니다

더 이상 아프지 않아도 될 곳에
영원히 머물 집 짓고
벌써 하나님이 내민 손을 꼭 잡고
품에 안겨서 앞으론 걱정 없는데
갈 길 먼저 간 것뿐이고
잠시 헤어져도 또다시 만날 텐데
자꾸만 눈물 납니다

달빛은 흔들림 없이 고요하며
별도 저렇게 많아 전혀 외롭지 않은데
어떤 말부터 할까
밤새워도 부족한데

미안해

미안해

미안해

속말은 안 나오고 입말만 터집니다

옛, 숲

실컷 봤어?

실컷 먹은 거야?

보고 싶었던 건 또 보고 싶고

맛있는 건 불쑥불쑥 먹고 싶어져

거봐

좋아하면 자꾸 생각나

그런데 아주 가끔은 눈가에

밤톨만 한 혹이 생기도록 아팠던 게

그리운 이유는 뭐지

우수雨水

한낮에 창문을 활짝 열어 두었더니
아뿔싸! 살랑바람이
한 번도 집 밖에 나가 보지 않은 동백나무에게
꽃봉오리를 맺혀 놓고 말았네

바람은 왔다가 오래 머물지 않고 슬며시 가면서
내일 올 것을 약속했지만
나무의 얼굴에 꽃이 피었다가
시드는 꼴은 누가 보나

입동立冬

나무는 잎새를 밤새 우수수

내려놓아 홀가분해지려 하고

철새도 동틀 무렵부터 떼를 지어

북쪽 하늘로 분주하게 날아간다

언뜻 보면 어제 아침까지도 논두렁에 누웠던

안개가 하루 만에 사라졌듯

찬바람에 몸서리난 것 같아도

분신을 내려놓는 건

맹목적인 것처럼 날아간다는 건

제자리에서 한 발짝도 멀어지지 않으려고

머물려는 게 아니가

입추立秋

자정 3시간 전
매미들이 공습경보를 울린다

그 후 잠들기엔 너무 이른 고요

잠자리에게

벤치에서 쉬는데
잠자리도 덩달아 앉는다
고추잠자리처럼 예쁘진 않지만 귀엽다
요즘은 예전만큼 쉽게 볼 수 없어서
신기한 듯 유심히 보다가 어릴 적에
괴롭히던 일이 떠오른다

날개를 손가락 사이에 끼워 놓고
비행기 놀이를 하다가
정작 하늘 높게 날지 못하게 한 아이들
두고두고 보겠다고 가두었고
꼬리가 싹둑 잘리기도 했지만
얼굴보다 큰 눈이 늘 건조했기에 아팠는지 몰랐다

지금 화들짝 주위를 맴돌다

날개 내려놓은 잠자리가 가깝게 있지만

이젠 잡을 수 없다

정말 많이 아파도

눈물 흘릴 수 없는 삶에 미안하다

첫눈

첫눈은
원래 한밤중에 오는 거래

슬금슬금 내려서
하얗게 또 하얗게
가지만 남은 나무에게 꽃잎이 되어 주듯
남모르게 상처를 덮어 주는 거래

그래서일까
처음 본 것도 아닌데
해마다 첫눈을 기다리게 된 건

이빨로 물 수 있어요

4

개미야

아기가 주저앉아 땅에 기어가는 걸
꾹, 손가락으로 누르려 합니다
순간 도망가는 것도 급할 텐데
제 머리보다 훨씬 더 큰 먹잇감을
버리지 못하고
개미는 이를 악물고 달려갑니다

겨울이 만들어지는 소리

어린이집에서 수업을 끝낸 아이를 데리고 집으로 가다가
나는 낙엽이 빗자루에 깨끗하게 쓸린 인도로 걷고
손자는 떨어져서 장난치듯
낙엽이 쌓인 곳을 일부러 헤집고 걸었다
노을이 필 때까지
손자의 발밑에서만 스륵스륵
겨울이 만들어지는 소리가 요란하게 났다

"할아버지도 여기로 와"

꼬마의 문신

팔뚝에 그림은 뭐야?
내가 펜으로 그렸어요
힘이 세질 것 같아서요
목욕탕에서 힘센 아저씨를 봤거든요

그날 밤
유치원을 다녀온 다섯 살 꼬마는
엄마 몰래 엘리베이터 안에서
가슴에 수북하게 털이 날 것처럼
더 큰 그림을 그리고 있었다

꽃샘추위

추운데 집에 데려가자고
네 살배기가 양귀비꽃을 가리키며 주저앉았습니다

이때 양귀비꽃들이 들었는지
나요!
나요!
나요!
저마다 온몸을 흔들고 있습니다
금방이라도 빨간 꽃잎을
모두 털어 버릴 것 같았습니다

하지만 누군 남기고 누군 데려갈 수 없어
말도 못 하고 손자 옆에 주저앉았습니다

반성문

최영철 시인의 시 중에
'별은 언제나 딴 데를 바라보고 있었지'라는
시구가 맘에 들어
여섯 살 손자에게 이 시를 읽어 줬더니
손자가 "어어? 별은 언제나 우릴 보고 있는데"

아뿔싸, 삐뚤어졌구나
언제부터였을까
별조차 똑바로 못 보고

* 최영철의 〈바다, 먼별〉 인용

별 하나

아기야
넌 어디서 왔니

별!

별이라고?

그 먼 곳에서
많은 별 중에서
어떻게 왔을까

아픈 꼬마의 얼굴

허리가 아프니 외롭다

누구든 자꾸 여기저기 아프다고 하면 좋게 들을 리 없다

짐을 들 수도 없고 오래 앉아 있기도 불편하고

잠을 자다가도 엎치락뒤치락하다가

깨어나 용케 지하철을 타고 출근하면서

선천적으로 희귀병을 안고 태어나

암까지 전이되어 다리를 절단하고

평생 누워서 살아야 한다는 꼬마의 얼굴

기부를 부탁하는 광고를 보았다

조금만 아파도 외로운데

정말 아프면 외로움이 지나쳐

활짝 웃을 수 있나 보다

이빨로 물 수 있어요

성큼성큼,
아기가 다가가니
염소는 머리를 내밀어요
너무 좋아해요

슬금슬금,
아기가 손을 건네요
양들도 "한입만" 하고 와요
만났다고 기뻐해요

그런데 그때 울타리 앞 푯말을 본
할아버지는 갑자기 놀라요

천사

분명 날개가 달렸을 거야
아기의 양쪽 겨드랑이에
슬며시 손을 넣어 보니

까르르
까르르

내 얼굴을 빤히 쳐다보며
아기는 연신 까르르르

층간소음

콩콩

쿵쿵

우리 집 아파트에 공룡이 산다

콩콩 쿵쿵

콩콩 쿵쿵

발바닥이 닿지 않게 발꿈치를 들고 뛰는

귀여운 아기 공룡이

오늘 밤도 어제처럼 또 혼나고 있다

쿵 쿵 쿵

엉금엉금 기어올라
무얼 가지고 놀지?

뒹구는 공을 잡으려다 쿵
인형의 코를 깨물다가 쿵
입으로 빨면 안 된다고 소파에 올려놓은
티브이 리모컨을 붙잡고 쿵
오늘따라 유난히 모서리에 자꾸 부딪치며

쿵
쿵
쿵

잘 놀던 아기
갑자기 울게 하는 벨소리

입으로 든네

5

거미

사는 게 치사하다고 했다
꼴사납다고 했다
얄밉게 보일 듯 말 듯이 그물 쳐 놓고
무심코 하늘 날던 애꿎은 미물을 잡아
껍질만 남기고 남의 살을 먹고 산다고 욕했다
열심히 일하지 않으면서 오히려 그런 삶을
빼앗는 게 옳은 거냐고
땀 한 방울 흘리지 않고도
전부를 빨아먹는다고 꾸짖었다

생긴 것도 괴상망측한 것
오늘은 기필코 당나무와 주목나무 사이에 만든
"놈의 거처를 털어 내야지"
밖에 나선 하늘 눈부신 날
촘촘하게 그리고 견고히 만든 집을 보면서
"너도 쉽지 않았겠다. 생명이니 하루만 더 살려 주마."

며칠을 더 지켜보다가

거미는 늘 요지부동

아니, 쥐 죽은 듯 산다는 걸 알았다

어떻게 전혀 흔들림 없이 살 수 있나

하루 양식이 부족해도 만족하며 살 수 있나

내 안에 들어온 것만 먹고

비가 오나 심한 바람이 부나

뜨거운 태양 아래서도 그 열을 다 받고

피하지 않고 살 수 있나

놈을 째려보다가

놈도 나를 째려보다가

내가 먼저 뒤돌고 말았다

그대가 아프다고
눈물 흘리진 않아요

꽃 피는 날에 보고 또 만났어요
그동안 어른이었던 당신은 아기가 되었네요
거꾸로 가는 시계의 소용돌이에 들어갔나요

지난 일은 은은하게 반짝이는 보석이지만
예쁘다고 못 한 아쉬움도 있어요
울다 웃는 이유예요

하지만 거꾸로 돌던 시계도 한 바퀴를 돌면
제자리로 와요
새순이 돋아 처음 만난 것처럼요

세상에 혼자인 건 없어요
무엇이든 함께 만들죠

지금 당신이 잠시 아프다고
눈물 흘리진 않겠어요

아침이면 많은 꽃들이 조잘조잘

당신과 있어요

꽃을 보다가

길을 걷다가 꽃에게
예쁘다고 말해 주니 하얀 이를 보입니다
기쁜 맘으로 다음 날에도
그다음에도
그 앞을 지날 때마다 예쁘다고 말해 줍니다

그러던 어느 날 아침,
꽃이 흐드러지게 잎을 떨어뜨린 걸 봅니다
마른 줄기는 힘이 없습니다
예쁘다는 말 대신에 무엇이 필요한지
그제야 물었습니다
"물 좀 주세요"

낯빛이 지지벌개졌습니다

단 하나뿐인 것에 대하여

매일 아침에 듣던 참새 소리를
듣질 못했다
하루쯤인데 어때
겨우 잠시뿐인데 어때
어제 한 말이 생각난다
알면서도 두리번거리다가
참새의 무리를 발견했다
똑같아 보였는데
지르는 소리도 다르고
날 알아보지도 못하는 게
그 새는 분명 아니다

익숙하다는 건, 단 하나뿐인
무엇으로도 대신할 수 없는 것이다

들꽃에게

가을 길을 걷다가 물었다

넌 무슨 꽃이니?
나팔꽃
돼지감자꽃
달맞이꽃
왕고들빼기꽃
......
모른다고?

꽃들은 정작 자기가 누구인지 알지 못했다
강아지야 하고 부르면 강아지꽃이 되고
제비야 하고 부르면 제비꽃이었다
몰라서 그렇지 들꽃도 이름이 있다
그럼 난 지금 어떤 꽃인가

마주 앉아
국수를 먹으며

온탕과 냉탕을 다녀온 뒤에야
부들부들해졌다고 한다
햇살이 반질한 식탁 위에
국수가 맛나게 놓였다

벚꽃,
그 잎이 떨어져 철쭉 위에 앉은 오후

꽃을 좋아하지만
피는 건 좋아하지 않는다

계절은 한여름일 때 이미 겨울을 준비하고 있는 것처럼
꽃잎이 피면 질 때가 가까워지기 때문이다

그런데 벚꽃 잎이 떨어져도 철쭉 위에 앉은 모습을 보곤
불쑥 한번은 핀 꽃이 보고 싶어졌다

비로소 나에게서 핀 꽃잎을

봄 길

잎들이 한꺼번에 터질 것 같은 벚나무 밑에서
개나리가 나도 나도요
꽃은 꽃이라며 길가에 쭉쭉 뻗쳤다
어어,
저기 저기 저기에
사이 사이 사이에
작디작은 노란 꽃, 붉은 꽃, 흰 꽃
지금이 처음일 수도 마지막일 수도 있는데
지천에 보이지 않았던 꽃, 꽃, 꽃

무척 큰 버드나무 앞을 지나면서
꽉 막힌 도로

성묘省墓

돌에 새겨져
눈물이 닿아도 번질 것도 없는
아버지의 나이는 52세
"만나면 형이라 불러" 으쓱대며
"이젠 내가 한 살 더 많아" 하고 뒤돌아서는데
저승의 나이는 이승의 나이를
더하나 빼나

애쓰지 마라

산 위에 뜬 저렇게 큰 달이
잡힐 듯 있어도 잡으려 하지 마라
가까이서 보아라
끓인 물 천천히 식혀 마시며
창 너머로 보아라
잡으려 산에 오르면
달은 이미 저 산 위에 있다

애쓰지 마라
만져질 듯 만져질 듯 보이는 것
마치 허상虛想이다

어버이날에

마침 어버이날이 일요일이라 산소에 갔어요
거기 가면 뭐가 있냐
뭐 하러 혼자 가냐
5월인데 잔디를 깎을 일도 없을 테고
비석에 흐릿하게 지워진 이름을
새로 새길 것도 아니고……,
그런데 완행열차를 탄 것처럼 도착한 산소에서
잔바람 불듯 중얼거리며 서성이다가 금세 뻘쭘해집니다
"에라, 모르겠다"
아버지, 할아버지 앞에서 맞담배질을 했지요

"요놈!"

묘지공원의 언덕을 부리나케 넘었어요

곳곳에 카네이션이 비석 옆에 놓인 게 보이네요

아주 빨갛게 농익은 열매 같아요

그나저나 뭐 하러 갔냐고요?

산 사람이 죽은 이를 찾는 건

사는 게 힘들어서 그런다지만 손을 내저어요

늦은 점심을 햄버거 하나 사 들고

살랑바람 부는 길가 벤치에 앉아 먹다가

"아, 이 맛 때문이야"

할 말이 있지요

요놈 몇 살이지?

농사꾼 기현이는 외양간에
여섯 마리의 소를 키우는데
그중 빼꼼하게 머리 내민 녀석을 보며
참 잘생겼네
요놈 몇 살이지? 물었더니
오랜만에 쉬며 낮술을 질기게 마신 친구가
더듬더듬하는 동안 소는 뒷걸음쳤다

소도 나이는 귀로 듣는다

위안

작은 바람이 불면
미세한 움직임이 생기지
갈대의 홀씨가 둥둥, 떠오르는 것처럼 말이야

좀 더 센 바람 불면 어떨까
꼬리를 흔드는 강아지를 보듯이
쉽게 흔들릴 수 있다네

거친 태풍으로 맞는 바람이 왜 무섭지 않겠어
생명에겐 바람의 세기가 중요한 게 아니라네
겨울바람은 별거 아니지만
코스모스의 여린 줄기는 위태롭고
고목은 전혀 흔들림이 없지

살아 있다는 건
살아간다는 건 어떻게든 흔들릴 수밖에
흔들릴 수 있다는 게 고마울 뿐이야

입으로 듣네

한 마디의 말에 흔들릴 때가 있네
사랑한다고 하면 예쁜 꽃이 피다가도
미워한다고 들으면 상처가 생기네

한 마디의 말에 눈물을 흘리네
원망을 들으면 바위에 깊은 골을 새기듯 하고
미안해하면 뜨겁게 불타오르기만 하던 가슴에
따스함을 주네

억세게 비 내리던 긴 밤이
후욱, 바람결에 사라지고
아무 일도 없던 것처럼 청명한 아침이면
한 마디의 말에 흔들릴 때
한 마디의 말에 흘리던 눈물이
귀로 들렸던 게 아니라
입으로 들었음을 깨닫게 되네

좋든 나쁘든 내가 듣는 말은

결국 무심코 내 입에서 꺼낸 거였다네

전기구이 통닭 같은 사랑

온종일 먹고 싶었다

꼬챙이에 돌돌 말려

긴 시간의 소용돌이를 감내하는

홀딱 벗은 유기체

뚝뚝 욕망의 기름을 떨어트리고

석양에 담은 거무스름한 빛깔

야무지게 쫄깃하고

덧칠하지 않고도 맛나는

몹쓸 것이 버려지고

번뇌에 부딪혀도 그대로인

치장하지 않은 것이여

희망가

꽃이 필 쯤 만나요
새순이 빼꼼한데
봄이 와서
아주 파래지면 말해요
봉오리를 툭툭
터트리면서 축하해요
아무리 추우면 어때요
손이 자꾸 닿으면 어때요
내버려 두세요

시련 뒤에 기다림은
말랑말랑하잖아요
조금만 더 기다려요
하늘빛 따라 달 모양이
바뀌지 않으면 어때요
산들바람,
곧 가볍게 불어올 텐데요

참깨는 잘 털면서

조경 회사에 다니던 때였습니다
현리로 가는 홍천에서 소나무를 심어야 했는데
일손을 구하기 어려운 농촌이라 애먹다가
마침 마을에서 아주머니들과 한 명의 남자를 찾았습니다
그중에 남자는 첫눈에 작고 깡마른 체구였지만
성실하고 유머도 있어서 즐겁게 일할 수 있었습니다

며칠 동안 같이 일하다가
살던 곳이며 나이며 상처까지 닮아
헤어지면서 앞으로 친구 하자고 했는데
운이 좋아 십년지기가 되었고
덕분에 봄 향기 나는 두릅, 호박, 더덕 등을
보내 주는 고향이 생겼습니다

그런데 새집을 지을 계획인데 땅을 내줄 테니
좀 더 나이 들면 옆에서 같이 살자는 말을 들은 여름이
마지막 만남이 될 줄 누가 알았을까요
한 달 전에 어이없이 또 입원했었다는 얘길 하면서
만나서 회포도 풀고 쌀도 가져가라고 해서 약속했어요
"봄이 오는 3월엔 꼭 가마"

참깨는 잘 털면서 고뇌를 쉽게 털지 못하는 친구는
작년부터 정신병원에 들락거렸다는 걸 알고는
편치 않았는데
오늘 뜻밖의 소식을 들었습니다
며칠 전 마음이 싱숭생숭해 아버지 산소에 가던 날 즈음
빈집에서 돌연 죽었다는 겁니다

몰랐어요

그 말을 듣고 울다가 한참 멍하니 창밖을 보면서

입버릇처럼 닭개장을 끓여 줄 테니

함께 먹자는 말이 떠오르면서

그 맛이 어떨까 궁금해졌습니다

나이 오십도 안 된 친구는 이미 편안한 곳으로 가 버렸지만

난 갑자기 고향을 잃고

좋은 인연도 길게 잇지 못하게 되었으니

어떡하나요

화분에 핀 작은 꽃잎도 요렇게 예쁜데

만날 들꽃을 보던 친구는 그걸 정말 몰랐을까요?

창가에 앉은 저녁에

창가에 앉은 저녁에 풀벌레를 만났습니다
풀벌레는 풀밭이 아닌 걸 알면서도
팔뚝 위에서 자꾸 요리조리 움직였는데
난 정작 꿈쩍도 못 했습니다

상상치도 못했던 하늘의 별과
땅을 스쳤던 바람의 이야기가 너무도 아름다워서
아주 조그마한 입에서 터져 나오는 그의 말을
멈추게 할 수 없었습니다

내가 부르는 노래보다 귀 기울여 듣는 얘기가
더 아름답습니다

편지

아침 새소리를 들으며 출근했는데
어느새 집에 돌아와 저녁 식사를 합니다
빨리 지난 시간만큼 포만감도 금세 느낍니다

일찍 잠들기엔 하루가 너무 짧아서
뒤척이다가 엊그제 같았던 지난 일들이
몇 년 전 혹은 십여 년 전 일 때라는 걸 압니다

갑자기 편지가 쓰고 싶어집니다
요즘처럼 폰으로 쉽게 보내는 문자가 아니고
손 글씨로 종이에 몇 장을 써서 봉투에 담아
며칠을 기다려서 받는 편지요

한동안 소식이 뜸한 그에게
멀리 떨어져 살게 된 그녀에게
지금은 어떻게 사는지 알 수 없는 그들에게도
안부를 묻는다는 건 결국 나에게 쓰는 글입니다

잊은 게 무엇인지

잃은 게 무엇인지

길가에 핀 꽃이며 바람이며

눈부시게 쏟아진 햇살조차도

대충대충 본 것도 소중하다는 걸

지워지는 연필보다 한번 쓰면 지울 수 없는 볼펜으로

또박또박

오늘 밤 나는 나에게 편지를 씁니다

동화 같은 시선, 동시 같은 순수

이창경 전 신구대학교 교수 · 수필가

시는 우리에게 무엇인가? 삶에 어떤 도움을 주는가? 또 왜 쓰고 읽는가? 시의 효용성을 묻는 가장 기초적인 질문이다.

전통적으로 시의 효용은 '사무사思無邪'에 두었다. 《논어》〈위정〉편에서 《시경》의 시를 집약하여 한마디로 표현한 이 말은 '생각에 사특함이 없다'로 풀이된다.

시는 꾸미거나 거짓 없이 본성 그대로 순수한 상태여야 함을 말한다. 청징한 마음으로 시를 쓰고, 그렇게 쓴 시를 읽음으로써 마음을 닦아 바른 성정을 회복하는 데 기여한다고 생각했다.

또 시를 쓰는 태도는 '회사후소繪事後素'에 두었다. 그림 그리는 일은 잡된 생각을 깨끗이 씻어 낸 순수한 그 바탕에서 시작해야 한다는 말이다.

시를 쓰는 일도 마찬가지라 생각했다. 물론 전통적 시각에서 시를 바라보는 것이지만, 창작 태도나 효용의 관점에서 보면 지금도 크게 변함이 없다.

김용진 시인의 작품을 읽다 보면 '사무사'와 '회사후소'의 의미가 먼저 떠오른다. 티 묻지 않은 순수하고 맑은 정신세계가 전편에 깔려 있다. 삶을 바라보는 경건한 태도, 자연을 대하는 따뜻한 시선, 인간과 자연의 조화로운 관계가 함축되어 다가온다.

시집에 수록된 많은 작품은 생활 속에서 만난 일상적 상황을 대상으로 하고 있다. 무심히 지낸 일상적인 일들이지만 독창적 눈으로 그들을 바라보고 삶과의 연관성을 찾으려 한다.

그 연관성은 시인의 내면 의식, 삶의 태도와 직결된다. 그런 가운데 자신이 추구하는 가치, 신념, 이러한 요소들을 굳이 숨기지 않고 자연스럽게 드러내고 있다.

이는 시의 상징성이나 언어의 압축이라는 표현론의 관점에서 본다면 약점일 수 있겠지만, 시를 생활 속으로 끌어들여 삶의 진실을 새롭게 자각하고 발견하는 사유의 태도는 시인의 큰 장점이다.

시인은 주변의 사물을 따뜻한 사랑의 시선으로 바라본다. 세상에 존재하는 것은 어느 것이든 나름의 존재 의미가 있다고 생각한다. 그래서 나누어야 한다고 생각한다.

작품 〈같이 먹기〉에서는 파리를 통하여 나누지 못하는 부끄러움을 실토한다. 파리를 바라보는 시선과 관찰도 사실적이다. 모처럼 친구들과 귀한 음식을 놓고 맛있게 들고 있다. 파리 한 마리가 같이 먹겠다고 달려든다. 게다가 친구까지 데리고 온다. 시인은 간절히 원하는 파리의 마음을 읽는다. 결국은 쫓아 버리지만, 말하고 싶었던 것은 파리조차도 나누며 살아가는데 하물며 사람은 어떠한가 하고 스스로에게 던지는 질문이다.

작품 〈골목길 식당 앞에서〉에서도 같은 심상을 보여준다. 식당 앞에 버려진 밥알을 쪼고 있는 여린 참새에게 시선이 멈춘다. 참새 역시 혼자 먹으려 하지 않고 친구들을 불러 모은다. 여러 작품에서 '함께', '같이'라는 단어가 등장하는 것은 그의 의식 속에 나눔이라는 선한 의식이 바탕에 깔려 있기 때문이다.

참새는 골목길 식당 앞에서

떨어진 밥알이 얼마나 된다고

혼자 먹지 못하고 친구들을 불러와

부랴부랴 먹어요

고춧가루 묻은 밥알이 얼마나 된다고

우르르르 데려와요

_〈골목길 식당 앞에서〉 전문

125

저녁나절 시인은 창가에 앉아 있다. 팔뚝에 앉은 풀벌레를 본다. 풀벌레가 들려주는 이야기를 가만히 귀 기울여 듣는다. 그의 말에 경이로움을 느낀다. 자신이 부르는 노래보다 더 아름답다고 생각한다.

시 〈고백〉에서는 수족관 물고기가 추울까 봐 따뜻한 물을 부어 주었다가 오히려 죽게 한 사실을 고백하기도 하고, 〈꽃샘추위〉에서는 추위에 떨고 있는 양귀비꽃들을 어느 하나만 집으로 데려올 수 없어 그냥 두고 돌아온다. 또 〈참새와 새끼 고양이의 밥〉에서는 새끼 고양이의 밥을 몰래 먹는 참새를 보고 "누군 먹게 하고 누군 먹지 못하게 할 수 없어" 더 지켜보지 못하고 자리를 뜬다.

이렇듯 시인의 마음은 세상에 물들지 않은 네 살배기 어린아이의 깨끗한 동화 같은 심성, 바로 그것이다. 그 깨끗한 심성은 '사무사'나 '회사후소'에 닿아 있다.

잊은 게 무엇인지
잃은 게 무엇인지
길가에 핀 꽃이며 바람이며
눈부시게 쏟아진 햇살조차도
대충대충 본 것도 소중하다는 걸

지워지는 연필보다 한번 쓰면 지울 수 없는 볼펜으로

또박또박

오늘 밤 나는 나에게 편지를 씁니다

_〈편지〉 중에서

　시인의 시적 정서는 작은 것을 크게 본다는 데 특징이 있다. 작은 것에 따뜻한 온기를 보내고 있다는 것이다.
　세상은 크고 거창한 것에 가치를 두고 그것을 추구하기에 몰두한다. 그러나 주변을 돌아보면 하찮게 생각했던 것이 더 소중하게 느껴질 때가 있다. 이것은 관심을 가지고 사랑의 눈으로 바라보아야 보인다. 작은 곤충, 홀로 핀 들꽃들도 자연의 질서 속에서 순응과 화해라는 관계망을 형성해 가며 살아간다.
　시인은 그들이 되어, 때로는 그들의 친한 친구가 되어 대화한다. 그 대화는 작가가 발견한 가치 있는 삶의 진리다. 그 발견의 기쁨을 우리에게 담담하게 들려주고 있다. 오랜 친구의 편지처럼 편안하게 다가온다. 그동안 보이지 않았던 것들을 티 묻지 않은 순수한 정서로 다시 보게 한다.

일상에 깊이와 색채를 입히다

오상화 미국 애팔래치안 주립대학(Appalachian State University)
커뮤니케이션학과 교수

시인의 시들은 우리가 하루하루 살아가는 평범한 일상 속에서 크고 작은 슬픔, 서러움, 아련함, 애처로움, 그리고 행복들을 심상한 언어의 그물로 건져 올려 우리 앞에 놓아준다.

시집을 읽어 내려가고 있노라면, 마치 시인이 우리가 쉽게 지나치게 된 우리 삶의 다양한 색채들에 대해 귀에 대고 소곤소곤 속삭여 주고 있는 듯하다.

우리 모두 처음 세상을 배워 가던 어린 시절엔 큰 기쁨과 행복 또는 슬픔과 서러움으로 다가왔을, 이제는 예사롭게 지나치게 된 일들을 일깨워 주며 그 감정의 고저를 투명하게 다독여 준다.

〈지하철 1호선〉에서처럼 오늘날 소시민들의 슬픈 단상

을 짚어 내기도 하지만, 〈구멍 난 양말〉에서와 같이 "미련이 없다는 건 맨살을 보이는 일"이라고 담담하게 말해 주기도 하며, 〈흔들흔들하다〉에서처럼 우리가 가장 약한 순간에 도리어 더 강해지는 역설을 짚어 냄으로써 절망에 빠지지 않도록 해 준다.

무엇보다 시인은 〈첫눈〉에서와 같이 가을이 오면 으레 드러나는 빈 가지의 앙상함이 다시 계절이 바뀌어 소복소복 내리는 눈으로 뒤덮이고, 봄이 오기도 전, 눈꽃으로 예쁘게 피어나는 모습을 포착하며 우리가 사는 동안 무수히 맨살을 드러내며 겪을 추위와 아픔, 그 쓸쓸함이 시간이 지나면 따뜻하게 덮이고 더 아름다운 것으로 피어나게 되는 삶의 역설에 대해 이야기한다는 점에서 인상적이다.

하루하루 일상 속 여러 가지들의 깊이를 느껴 보고 싶은 분들에게 권한다.